LES ARRÊTS

MILITAIRES,

COMÉDIE EN UN ACTE

MÉLÉE DE VAUDEVILLES;

PAR M. J. VICTOR,

Représentée, pour la première fois, à Paris, sur le Théatre Royal de l'Odéon, le 9 mars 1818.

DE L'IMPRIMERIE DE Mme. V^e. CUSSAC,

RUE MONTMARTRE, N°. 30, VIS-A-VIS CELLE DU JOUR.

A PARIS,

Chez
{DELAUNAY, Libraire, Palais Royal, galerie de Bois, N°. 243.
VENTE, Libraire, boulevart des Italiens, N°. 7.
FAGES, boulevart Saint-Martin, N°. 29.
COLAS, passage Feyeau, N°. 6.

Et chez tous les Marchands de Nouveautés.

1818.

On trouvera la partition et les accompagnemens d'orchestre,
rue d'Anjou-Dauphine, n°. 2, chez M. CREMONT, chef d'orchestre du théâtre de l'Odéon, qui a arrangé les airs et le
vaudeville final.

LES ARRÊTS MILITAIRES.

CETTE petite Pièce a obtenu un succès auquel j'étais loin de m'attendre. Quelques plaisanteries, peut-être un peu hasardées, ont fait rire des personnes de mœurs fort sévères; mais ont scandalisé des jeunes gens bien moins scrupuleux que mes deux officiers, et des femmes fort aimables dont les maris se sont trouvés dans des positions bien plus délicates que M. de Rainville.

Le *béguellisme théâtral*, est tel maintenant, qu'on ose quelquefois siffler le *Georges Dandin* du grand Molière, et que les Comédiens sont obligés de mettre sur leur affiche, le *Mari qui se croit trompé*, au lieu du *Cocu imaginaire*.

Les mauvais sujets, les coquettes et les *maris trompés*, seraient-ils plus rares qu'autrefois ?

C'est une question que je soumets à ces Messieurs et à ces Dames.

PERSONNAGES.   ACTEURS.

M. DE RAINVILLE, Colonel d'un régiment de Chasseurs.	M. Chazel.
GERVAL, D'HERVILLY, } Capitaines au même régiment.	{ M. Thénard. M. Pélissier.
RAYMOND, Concierge du château de Rainville.	M. Armand.
Mad. DE RAINVILLE.	Melle. Fleury.
ROSETTE, Femme de chambre de Mad. de Rainville.	Mme. Milen.

La scène se passe dans une terre du Colonel.

Nota. Les trois officiers portent le même uniforme avec les épaulettes de leurs grades. Le rôle du Colonel, bien qu'il ait été rempli par M. Chazel, est un rôle de jeune premier marqué ; celui de madame de Rainville, joué avec beaucoup de grâce par mademoiselle Fleury, est cependant de l'emploi des coquettes.

LES ARRÊTS MILITAIRES,

COMÉDIE EN UN ACTE MÊLÉE DE VAUDEVILLES.

Le théâtre représente un joli salon de campagne; une porte au fond à deux battans, une autre de côté menant à l'appartement de Mad. de Rainville et en face celle d'un cabinet.

SCÈNE PREMIÈRE.

ROSETTE, RAYMOND.

ROSETTE.

Mais, encore une fois, Raymond, me laisseras-tu en repos ?

RAYMOND.

Mais, encore une fois, mamzelle Rosette, m'écouterez-vous ?

ROSETTE.

Tu me poursuivras donc sans cesse ?

RAYMOND.

Vous m'serez donc toujours cruelle ?

ROSETTE.

Plus tu me rechercheras, plus je te fuirai.

RAYMOND.

Le bon petit caractère !..... mais morguienne ! j'serons plus entêté qu'vous, et plus vous m'fuirez, plus j'vous rechercherai.

ROSETTE.

Comment veux-tu que je t'épouse, moi, femme de confiance de madame de Rainville ?

RAYMOND.

Oui, femme d'chambre ! mon rang vaut pardi ben l'vôtre; j'sis d'père en fils concierge du château du colonel son mari.

ROSETTE.

Je suis jeune et tu es. ...

RAYMOND.

J'sis.... j'sis joliment conservé.

ROSETTE.

Rien n'égale ta jalousie.

RAYMOND.

C'est signe d'amour.... Voyez, monsieur le Colonel....
y a-t-il queuqu'un d' plus jaloux qu' lui? Sa femme, pour
çà, l'aime t-elle moins?

ROSETTE.

C'est que ma maîtresse est si bonne!

RAYMOND.

Ils n'ont morguienne pas de reproche à s'faire, monsieur
vaut ben madame. Entrée au service de la maison depuis
son départ pour son régiment, vous n' le connaissez pas;
mais quand vous l'aurez vu seulement une fois, vous con-
viendrez, qu'après moi, il n'y a pas d'hommes plus digne
d'être aimé des belles!

ROSETTE.

Il est, dit-on, soupçonneux, on ne peut d'avantage?

RAYMOND.

'Ah! dame! sa femme est un peu coquette.

ROSETTE, *vivement*.

Je répondrai d'elle corps pour corps.

RAYMOND, *riant à part*.

La caution n' serait p'tét pas ben bonne.

AIR: *Les Moissonneurs abondent au Parnasse.*

ROSETTE.

Pour sa beauté l'on cite ma maîtresse.

RAYMOND.

Pour sa valeur, mon maître est renommé!

ROSETTE.

A la douceur elle joint la finesse:

RAYMOND.

Craint à la guerre, en paix il est aimé!

ROSETTE.

Il ne faut pas s'étonner qu'elle plaise.....

RAYMOND.

Partout il doit obtenir des succès.....

ROSETTE.

A son esprit, on voit qu'elle est Française!

RAYMOND.

A son courage, on voit qu'il est Français!　　　　　(*bis.*)

ROSETTE, *souriant.*

Sans nous en apercevoir, nous faisons l'éloge de nos maîtres.

RAYMOND.

On ne nous prendrait pas pour leux domestiques.

ROSETTE.

Et eependant, ce sont ces belles qualités qui sont cause que l'on s'ennuie tant dans ce triste château. Pendant l'absence du Colonel, Madame s'est confinée dans cette terre éloignée de tout grand chemin ; on n'y reçoit personne ; pas de visites, pas de distractions, et l'on ose l'appeler coquette ! elle qui passe sa vie à regretter, à desirer son mari.

RAYMOND,

C'est d'autant plus édifiant qu' c'est assez rare. Ah ! ça, mamzelle Rosette, avant que j'vous quitte, dites-moi vot' dernier mot ?

ROSETTE.

Je n'épouserai pas un concierge.

RAYMOND.

Eh ben ! morgué, j' me ferai Suisse, étes-vous contente ?

AIR : *Gai, gai, mariez-vous.*

Quoi ? quoi ?
Quoi, c'est pour moi
Que vous vous montrez sévère ?
Quoi ? quoi ?
Quoi, c'est à moi
Qu'vous refusez votre foi ?

ROSETTE.

Il faudrait pour me charmer
Moins aimer et plus me plaire.

RAIMOND, *tendrement.*

De plaire, j'ne réponds guère ;
Mais j'promets..... d'moins vous aimer.
Quoi ? quoi ? e.c.

ROSETTE.

Moi ! moi !
M'unir à toi !
J'ai l'humeur un peu trop fière !
Moi ! moi !
N'est-ce qu'à toi
Que je puis donner ma foi ?

(*Après l'ensemble, Raymond sort.*)

SCENE II.

ROSETTE, puis Mad. DE RAINVILLE.

ROSETTE, *d'abord seule.*

Son attachement est sincère, et s'il n'était pas si jaloux,
je pourrais bien un jour l'épouser, faute de mieux.... Voici
ma maîtresse..... toujours rêveuse .....

MAD. DE RAINVILLE.

Est-il venu des lettres, aujourd'hui, Rosette?

ROSETTE.

Non, madame.

MAD. DE RAINVILLE.

Le Colonel ne m'écrit pas, cela m'inquiette.

ROSETTE.

Peut-être veut-il vous ménager une surprise? Il arrivera
ici au moment où vous l'attendrez le moins.

MAD. DE RAINVILLE.

Plut au ciel !

AIR : *Daignez m'épargner le reste.*

En l'absence de son époux,
Que je plains une femme tendre !
Plus le retour doit être doux,
Plus il est ennuyeux d'attendre.
Loin de l'objet de notre amour,
Aucun plaisir ne nous réveille.....

ROSETTE.

Mais vous avouerez, en retour,
Que si l'on baille dans le jour,
La nuit..... on dort à merveille.　　　　　(*bis.*)

MAD. DE RAINVILLE.

Que la condition de femme de militaire est pénible !
En temps de guerre, je tremble à chaque instant pour la
vie de celui que j'aime; en temps de paix, les garnisons
l'enlèvent à ma tendresse: j'ai lieu de craindre pour sa fidé-
lité; la constance n'est pas la vertu d'un officier, et je puis
perdre son cœur.

ROSETTE.

Perdre le cœur d'un mari ? Voilà de ces malheurs dont
une femme sage doit savoir se consoler.

Air *du Vaudeville du Petit Courier.*

On dit, que messieurs les maris,
Gens d'ailleurs fort recommandables,
Ne sont pas toujours très-aimables.....
Il sont grondeurs et mal appris.
Ils restent souvent sans rien dire
Au beau milieu d'un entretien.....

MAD. DE RAINVILLE, *vivement.*

Ah! c'est en vain qu'on les déchire.. ..

ROSETTE, *riant.*

Ils valent toujours mieux que rien.   (*bis.*)

SCÈNE III.

LES MÊMES, RAYMOND.

(On entend du bruit hors du théâtre.)

ROSETTE.

Quel est ce tapage?

MAD. DE RAINVILLE.

Qu'a donc Raymond? Quel air effaré?

RAYMOND, *accourant.*

Madame! madame! montrez-vous vîte, ou j'ne réponds
plus d'la maison.

MAD. DE RAINVILLE.

Expliquez-vous.

RAYMOND.

J'entends frapper à la grande porte ; j'vas ouvrir ; deux
officiers s'présentent. — A qui ce château? me fit l'un. —
Au colonel de Rainville! lui fis-je. — Au colonel de Rainville! crie l'premier. — A not' colonel, crie l'second. —
Il faut nous y établir, crient-ils ensemble... et, là-dessus,
v'là que sans dire gare, ils attache leurs chevaux dans la
cour. Avant que j'aye eu le temps d'leux expliquer qu'vous
ne r'ceviez personne, ils grimpaient tous deux les escaliers
quatre à quatre.

MAD. DE RAINVILLE.

Quel conte fait-il là? Je ne puis croire.....

RAYMOND.

T'nez les entendez-vous?

2

GERVAL , D'HERVILLY , *hors du théâtre.*

A i r : *Amis peut-on passer un jour , etc.*
Ce château ne convient pas mal
Pour mettre..... un quartier général.   } *(bis.)*

Mad. DE RAINVILLE , ROSETTE.
Un quartier général !

Mad. DE RAINVILLE.
Qu'est-ce que cela veut dire !

SCÈNE IV.

LES MÊMES, GERVAL, D'HERVILLY.

GERVAL , *entrant le premier.*
Par ici !... Par ici !... (*S'arrêtant subitement.*) Que
vois-je ? Une femme !! (*Il reste interdit.*)

Mad. DE RAINVILLE , *avec dignité.*
Messieurs , j'ai lieu d'être étonnée. ... Pourrait-on
savoir ce qui vous amène ?

D'HERVILLY.
Ah ! Madame ! Pardonnez-nous, de grâce... Nous igno-
rions entièrement... N'accusez que mon camarade Gerval,
le plus étourdi des officiers de notre régiment... Au seul
nom du Colonel , sous qui nous servons, l'un et l'autre,
il n'en a pas attendu davantage et.....

GERVAL , *l'interrompant.*
D'Hervilly ! Madame , ne devrait pas se plaindre de
mon étourderie , puisque nous lui devons le plaisir d'être
maintenant près de vous.

Mad. DE RAINVILLE.
Cette manière de se présenter est assez singulière....
Comment se peut-il que sans avoir l'honneur de vous con-
naître ?...

GERVAL.
Nous retournerons tous deux au régiment après un
congé obtenu pour des affaires de famille.

D'HERVILLY, *à part.*
Oui, une intrigue à l'Opéra.

GERVAL.
Nous cheminions à petite journée : connaissant mal la

route , nous nous sommes égarés. Au bout d'une heure de tours , de détours inutiles, nous apercevons ce château ; j'engage d'Hervilly à venir y demander l'hospitalité... Jugez de notre étonnement, lorsque le concierge nous apprend qu'il appartient à notre Colonel ; sûrs d'avance qu'il nous y aurait bien reçus, ne pouvant penser qu'une maison aussi solitaire, (*d'un air galant,*) pût être aussi bien habitée.... Nous commencions, j'en conviens, à nous y établir un peu militairement.

D'HERVILLY.

Nous reconnaissons notre indiscrétion ; nos chevaux sont accablés de fatigue... La journée est avancée , nous ne pourrons probablement pas retrouver notre route .. Cependant, si vous l'exigez, nous sommes prêts à nous retirer.

ROSETTE , *bas à Mad. de Rainville.*

Madame ! Auriez-vous l'inhumanité de les faire partir ?

MAD. DE RAINVILLE , *bas.*

S'il était de meilleure heure. . . (*haut.*) Messieurs, vous paraissez un peu vifs , mais je dois être indulgente pour les camarades de mon mari.

D'HERVILLY.

Quoi ! Madame, vous seriez...

MAD. DE RAINVILLE.

Madame de Rainville.

GERVAL , *à demi-voix.*

Ah ! mon Colonel, vous avez une femme charmante et vous la cachez à vos officiers... C'est bien mal à vous.

MAD. DE RAINVILLE.

Demain , de bonne heure, je vous ferai donner un guide pour vous conduire jusqu'à la grande route... Quant à ce soir... Raymond, faites mettre les chevaux à l'écurie.

RAYMOND , *sortant.*

Cela suffit.

MAD. DE RAINVILLE.

Rosette, vous ferez préparer à dîner... Ces messieurs se remettront de leurs fatigues à table.

GERVAL, *à part.*

Elle est charmante, cette femme là ! Elle pense à tout.

mad. DE RAINVILLE, *plaisantant.*

Messieurs, puisque vous avez commencé à regarder la maison de votre Colonel comme la vôtre, je ne puis faire rien de mieux que de vous engager à continuer.

A i r . *Prenons d'abord l'air bien méchant.*

Chez moi, l'on ne fait pas souvent
De visite aussi singulière ;
Mais, j'excuse, en vous recevant,
La vivacité militaire.
Demeurez donc, puisqu'il le faut,
Mais rappelez-vous, je vous prie,
Que d'une femme le château
Ne doit pas être pris d'assaut
Ainsi qu'une ville ennemie.   (*bis.*)

(*Elle les salue et sort, Rosette la suit.*)

SCÈNE V.

GERVAL, D'HERVILLY.

D'HERVILLY.

Gerval ?

GERVAL.

D'Hervilly ?

D'HERVILLY.

Sais tu qu'elle est jolie la femme de notre Colonel ?

GERVAL.

C'est à quoi je pensais.

D'HERVILLY.

Elle me semble tout-à-fait aimable.

GERVAL.

Elle m'a paru pleine de grâces.

D'HERVILLY.

Mon ami, il me vient une idée.

GERVAL.

Parle, quelle est-elle ?

D'HERVILLY.

Le Colonel nous a mis très-souvent aux arrêts.

GERVAL.

Trop souvent.

D'HERVILLY.

Toujours pour des causes injustes.

GERVAL.

Toujours.

D'HERVILLY.

Il faut nous en venger.

GERVAL.

Nous en venger ! et comment ?

D'HERVILLY.

Le hasard nous a conduits chez lui ; les affaires qui le retiennent au régiment ne peuvent être terminées d'un mois.... établissons-nous ici, mettons le temps à profit ; qu'un de nous se fasse aimer de sa femme....

GERVAL, *vivement*.

Bien imaginé ! Tu as eu le mérite de l'invention, je me charge de l'exécution !

D'HERVILLY, *idem*.

Non pas, s'il te plaît, c'est moi que cela regarde.

GERVAL.

C'est toi ! et tes principes.... et la morale !.... irais-tu manquer aux devoirs de l'hospitalité ? tromper une femme intéressante ? non... non... je ne t'en crois pas capable, et tu te ferais scrupule d'abuser de sa confiance.

D'HERVILLY.

Ecoute donc, je ne suis pas plus scrupuleux que toi.

GERVAL.

Et crois-tu donc que je ne me fasse aucun reproche ?.... je ne le sens que trop, c'est mal.... très-mal .. et je ne m'y déciderais jamais... si... elle n'était pas si jolie.

D'HERVILLY, *vivement*.

C'est aussi cette raison là qui l'emporte sur ma délica-tesse.

GERVAL.

Oui, mais....

D'HERVILLY, *impatienté.*

A la fin, c'est se moquer... C'est moi, encore une fois, qui prétends faire la cour à madame de Rainville.

GERVAL, *s'échauffant.*

Puisque tu le prends sur ce ton là... je te répète que ce sera moi...

D'HERVILLY.

C'est ce que nous verrons.

GERVAL, *vivement.*

Mon cher d'Hervilly, je suis entêté.

D'HERVILLY.

Mon cher Gerval, je ne le suis pas mal non plus.

GERVAL, *s'échauffant.*

Il faudra cependant bien qu'un des deux cède à l'autre.

D'HERVILLY, *vivement.*

Ce ne sera pas moi.

GERVAL.

Ni moi.

D'HERVILLY, *le toisant.*

On pourrait cependant trouver un moyen.

GERVAL, *avec colère.*

Et quel serait-il?

D'HERVILLY, *avec hauteur.*

Tu devrais le deviner.

GERVAL.

Tu me défies... J'accepte....

D'HERVILLY, *avec force.*

Marchons, monsieur !

GERVAL, *le regarde, puis il éclate de rire.*

Ah! ah ! ah ! ah !

D'HERVILLY.

Eh ! bien ! Qu'avez-vous ?

GERVAL, *riant.*

Ce que j'ai...... Ce marchons, monsieur ! Que tu viens de m'adresser d'un ton si héroïque, a désarmé tout-à-coup ma colère..... Parbleu! Nous sommes de grands fous, d'aller nous battre pour une femme que nous connaissons à peine.

D'HERVILLY, *réfléchissant.*

Dans le fait.....

GERVAL.

Tu sais si je recule devant une affaire d'honneur? Eh bien! il me serait impossible de me mettre en garde contre toi, ton air tragi-comique me ferait trop rire... Tiens : voilà que ça te gagne?

D'HERVILLY, *riant.*

Ma foi oui....:, touche là : réservons notre courage pour une meilleure occasion.

AIR : *De la Sentinelle.*

Non : je ne puis me battre contre toi,
Nous sommes fils d'une même patrie;
J'ai consacré mon épée à mon Roi,
Du sang français doit-elle être rougie?
    Ainsi que nous, toujours amis,
    Vivant entr'eux d'intelligence,
    Puissent les Français réunis
    N'attaquer, que les ennemis
Et de leur Prince et de la France!
(*Tous deux.*)   Puisse les Français réunis, *etc.*

GERVAL.

Agissons plutôt de concert! Chacun de notre côté, tâchons de gagner le cœur de Mad. de Rainville ; et si l'un de nous l'emporte sur l'autre, il restera maître de la place.

D'HERVILLY.

Volontiers. (*A part.*) Je ne risque rien : sans vanité, il n'y a pas de comparaison à faire entre nous deux.

GERVAL, *à part.*

Si Mad. de Rainville a du goût, je suis sûr du succès.

ROSETTE.

AIR *du Vaudeville de Turenne.*

D'HERVILLY.
Elle paraît sensible et fière ....
Montrons ma sensibilité!

GERVAL.

Elle est d'un joyeux caractère....!
Déployons toute ma gaîté.   (*bis.*)

D'HERVILLY.

Bientôt, afin de la séduire.....

GERVAL.

Afin de m'en faire adorer.....

D'HERVILLY.

Je vais gémir, languir et soupirer.

GERVAL.

Je vais boire, chanter et rire.   (*bis.*)

SCENE VI.

LES MÊMES, ROSETTE, *au fond du théâtre.*

D'HERVILLY, *à part.*

La suivante approche, si je pouvais la mettre dans mes intérêts.

GERVAL, *à part.*

Cette petite a l'air éveillée; elle pourrait m'être utile près de sa maîtresse.... (*Haut.*) Ma belle enfant, vous passez sans nous parler.

ROSETTE, *affectant la timidité.*

Messieurs, je n'osais pas.....

D'HERVILLY.

Ne craignez rien, les militaires français n'ont jamais fait peur aux jolies personnes.

ROSETTE, *idem.*

Vous êtes trop honnête.

D'HERVILLY, *avec intention.*

Vous avez une maîtresse bien intéressante.

GERVAL, *idem.*

Bien estimable.....

D'HERVILLY.

En l'absence du Colonel, est-ce qu'elle vit seule ?

ROSETTE.

Oui, monsieur.

GERVAL.

Elle ne reçoit personne ?

ROSETTE.

Non, monsieur.

D'HERVILLY.

Elle doit bien s'ennuyer.

ROSETTE.

Oui, monsieur.

GERVAL, *à demi-voix.*

Oui, monsieur..... non, monsieur...... Elle est très-laconique.

D'HERVILLY, *gaiement.*

Ma belle enfant, vous paraissez avoir une qualité très-précieuse dans une demoiselle suivante ; c'est la discrétion.

ROSETTE, *quittant l'air timide et prenant un ton décidé.*

Et vous, messieurs, pour de jeunes et jolis militaires, vous me paraissez avoir bien peu de pénétration.

D'HERVILLY, *étonné.*

Comment ?

ROSETTE, *gaiement.*

Ne voyez-vous pas que je m'amuse à vos dépens ?

GERVAL, *étonné.*

Hein ?

ROSETTE, *montrant d'Hervilly.*

Monsieur a découvert que j'étais discrète ; je vous apprendrai, moi, que je suis curieuse, mais curieuse à l'excès ; étant petite, j'écoutais toujours aux portes, et c'est une habitude que j'ai encore quelquefois.

GERVAL.

Voilà une très-jolie habitude.

ROSETTE, *finement.*

Je viens d'entendre toute votre conversation.

D'HERVILLY.

Ah ! diantre !

ROSETTE.

Mais rassurez-vous, je n'y trouve rien de répréhensible.

GERVAL.

A la bonne heure.

ROSETTE.

Ma maîtresse s'ennuye dans ce triste séjour ; par amitié pour votre Colonel, vous voulez la distraire, rien de plus simple.

D'HERVILLY.

Certainement.

GERVAL.

Allons, elle prend fort bien la chose.

D'HERVILLY.

Ainsi, tu parleras de moi à madame de Rainville ?

ROSETTE.

Je vous le promets.

GERVAL.

Pour moi, je n'ai qu'une seule demande à te faire, c'est d'arranger tout de façon que je me trouve à table à côté de ta maîtresse.

ROSETTE.

A table ! à côté d'elle ! et pourquoi ?

GERVAL.

C'est toujours le verre à la main que je commence une intrigue.

D'HERVILLY, *riant*.

Voilà une singulière manière.

GERVAL.

Par expérience, je puis certifier qu'elle n'est pas mauvaise..... Je suis presque sûr du succès, lorsque je parviens à me placer près de ma belle.

AIR : *Du Pôt de fleur.*

De son couvert approchant mon assiette,
Un doux regard commence l'entretien ;
Et protége par la table discrète,
   J'approche mon pied près du sien.....
Si d'un vin vieux, la chaleur la réveille
En le versant, ma main presse sa main.....
Et mon amour fait ainsi son chemin
   Jusques au fond de la bouteille !   } (*bis.*)

ROSETTE.

Si vous n'avez que ce moyen là de plaire, vous devez échouer bien souvent.

GERVAL.

Tu crois ?

Air : *Le Luxe de ce beau danseur.*

A table, mes galans essais,
Presque toujours ont du succès ;
Lorsqu'une belle a le vin tendre,
Je suis toujours sûr de l'y prendre ;
Et bien souvent j'ai découvert
Que plus d'une beauté novice,
Fort cruelle au premier service,
Ne l'était plus tant au dessert !

ROSETTE.

En vous écoutant, je me fais scrupule de servir vos desseins, vous êtes vraiment trop mauvais sujet.....

D'HERVILLY, *gaiement.*

Oui, il est trop mauvais sujet..... Ne le sers pas..... Moi, au contraire.....

ROSETTE, *riant.*

Dans le fait, vous avez l'air très-romanesque.

D'HERVILLY.

Tu me juges à merveille ; et en retour de la bonne opinion que tu as de moi, il faut que je t'embrasse.

GERVAL.

Et moi aussi.

ROSETTE, *se débattant.*

Eh ! messieurs les officiers..... de grâce !

SCENE VII.

LES MÊMES, RAYMOND.

RAYMOND.

Qu'est-ce que je vois ? mamzelle Rosette qui se laise embrasser... Eh ! bien ! c'est joli ça ! vous accordez d' prime-abord à des nouviaux venus, c' que vous m' refusez d'puis six mois !

AIR *du Vaudeville de la Robe et les Bottes.*

Mamzelle, qu'elle est donc c'te conduite ?.
Ces messieurs viennent d'vous ravir
Un baiser qué je sollicite
D'puis si long-tems sans l'obtenir ?

D'HERVILLY, *à Raymond, à demi-voix.*

Mon cher, ta surprise est trop grande.....
Apprends qu'une femme souvent
Refuse ce qu'on lui demande,
Mais accorde ce qu'on lui prend.   (*ter.*) [*]

RAYMOND.

V'là d'la morale d'militaire ... Mais c'est égal ; j'en f'rons usage dans l'occasion, c'est pas maintenant d'ça dont il s'agit.... Madame m'envoye vous dire qu'all' vous attend à table.

GERVAL.

Elle nous attend.... à table.... ah ! l'aimable femme !

D'HERVILLY.

Courons la retrouver, la galanterie nous l'ordonne.

GERVAL.

Et notre appétit l'exige.

---

[*] Si l'on craint que les deux derniers vers de ce couplet n'effarouchent les chastes oreilles du parterre, on peut substituer ceux-ci :

« Refuse un baiser qu'on demande,
» Accorde un baiser qu'on lui prend. »

A I R du Vaudeville de la Garde nationale.

Le vin, l'amour et la gloire,
Oui voilà,
Les plaisirs du soldat!
Pour combattre, aimer et boire,
Un bon Français est toujours là.
(*A demi-voix, à d'Hervilly.*)
D'un Colonel qui nous blâme,
Bravons la sévérité,
Et buvons près de sa femme,
Tout son vin..... à sa santé.
(*Tous deux sortant.*)
Le vin, l'amour et la gloire, *etc.*

SCENE VII.

ROSETTE, RAYMOND.

ROSETTE.

Eh bien ! conduis-les donc.

RAYMOND.

Ils n'ont pargnienne pas besoin d'moi : des gaillards comm'ça, ça n'est pas embarrassé pour trouver l'chemin d'une salle à manger. Madame aurait aussi bien fait de n'pas r'cevoir ces étourniaux qui prennent des baisers à ma prétendue, vuid nt la cave de mon maître ét n'm'ont pas encore donné pour boire.

ROSETTE.

Cela viendra, les jeunes militaires sont généreux.

RAYMOND.

Oui, on dit qu'ils donnent tout ce qu'ils ont, mais comm rarement ils ont qu'enque chose, c'est comme s'ils ne donnaient rien. Eh bien! Eh bien! les entendez-vous rire?

ROSETTE, *souriant.*

Ils finiront par égayer madame.

RAYMOND.

Ah ! Mon dieu... il serait ben possible que déjà elle ne songeat plus tant que ce matin à M. de Rainville.

AIR *du Ballet des Pierrots.*

Les femmes ne s'affligent guère
de l'absence de leurs époux,
Quand les galans pour les distraire,
Vienn' soupirer à leurs genoux.
Si not' maitress', dans sa retraite,
Désirait tant l'époux chéri,
C'est que plus un' femme est honnête,
Plus elle a besoin d'un mari.

GERVAL, D'HERVILLY, *hors du théâtre.*

A la santé du colonel !

RAYMOND.

Oui, oui, v'là des santés qui ne lui feront pas un grand profit.

SCENE IX.

LES MÊMES, MAD. DE RAINVILLE.

MAD. DE RAINVILLE.

Vraiment ! on n'y peut pas tenir.... ces deux étourdis sont d'une folie !.... Raymond, allez près d'eux et veillez à ce qu'il ne leur manque rien.

RAYMOND, *sortant, à part.*

Morgué ! comme all' les soigne !

SCENE X.

MAD. DE RAINVILLE, ROSETTE.

ROSETTE.

Comment, madame, vous quittez ainsi vos hôtes ?

MAD. DE RAINVILLE, *gaiement.*

Le moyen de rester avec eux !.... ma présence pourrait contraindre leur gaîté qui s'augmente à chaque toast qu'ils portent à leur colonel, et, Dieu merci, ils ne les épargnent pas.....

ROSETTE, *finement.*

Ah! je suis bien sûre qu'ils en adressent aussi quelques-
uns à madame!

Mad. DE RAINVILLE

Mais j'en conviens, tout en dévorant, ces messieurs
s'avisaient de me dire des douceurs... leur galanterie com-
mençait même à prendre un faux air de garnison auquel
je ne pouvais pas être fort sensible.

ROSETTE.

Ah! madame! vous êtes trop sévère.... moi, je me suis
montrée plus indulgente.... Aussi m'ont-ils mis dans la
confidence de leur amour pour vous.

Mad. DE RAINVILLE.

De leur amour pour moi! mais ceci passe la raillerie,
comment dois-je agir avec des fous de cette espèce ?....
Je ne puis les garder plus long-temps.

ROSETTE, *gaiement.*

Eh! madame! songez donc qu'ils s'en vont demain et
qu'après tant de santés au colonel et à... sa femme, ils au-
raient peut-être de la peine à partir ce soir; ils vous trou-
vent jolie, c'est tout simple; ils veulent vous le dire, c'est
tout naturel.

Mad. DE RAINVILLE.

Que tu es folle!..Au fond, ces deux jeunes gens ne sont
pas très-dangereux, et, pour les punir de la bonne idée
qu'ils ont d'eux mêmes, et de la mauvaise opinion qu'ils
paraissent avoir des femmes, je suis presque tentée de leur
donner une leçon et de m'amuser à leurs dépens.

ROSETTE.

Eh! Oui, madame, depuis six mois nous vivons seules,
tâchons de nous égayer aujourd'hui.

Mad. DE RAINVILLE.

Oui.... Mais la raison.....

ROSETTE.

Eh! Madame.....

MAD. DE RAINVILLE, *à part.*

Quel flatteur !

SCENE XII.

LES MÊMES, GERVAL, *un peu ga⋅, de bonne compagnie.*

GERVAL, *au fond du théâtre.*

D'Hervilly m'a prévenu ; n'importe ! aux derniers les bons.

D'HERVILLY, *à part.*

C'est Gerval ! au diable l'importun ?

GERVAL.

Eh ! quoi ? Madame ! vous vous éclipsez au milieu d'un repas délicieux ? d'honneur ! depuis long-temps, je n'en ai pas fait un plus agréable... le vin du Colonel est excellent, sa femme est charmante, et....

MAD. DE RAINVILLE, *l'interrompant un peu sèche-mnet.*

De grâce, Messieurs, épargnez-vous ces lieux communs de galanterie ; avec moi, c'est vraiment de l'esprit perdu ; tâchez de parler raison, si cela vous est possible.

D'HERVILLY, *à part.*

C'est la présence de Gerval qui l'embarrasse, elle allait se déclarer pour moi.

GERVAL, *à part.*

D'Hervilly la gêne, il est cause qu'elle me fait mauvaise mine... Si je pouvais l'éloigner. (*Haut.*) Mon ami, la soirée est bien belle !

D'HERVILLY.

Mais oui, mon ami, le temps est superbe !

GERVAL.

Toi qui as du goût pour la simple nature, n'es-tu pas tenté d'aller respirer l'air pur de la campagne ?

D'HERVILLY.

Mais, toi-même, je sais que tu n'aimes pas à rester enfermé.. ne te gêne pas pour nous... Madame t'excusera.

mad. DE RAINVILLE.

Oh ! certainement !... Je vous prie, Messieurs, d'en user l'un et l'autre, à cet égard, tout à votre aise.

D'HERVILLY, *à part.*

Pour moi, je ne sors pas si l'ami Gerval ne veut me suivre.

GERVAL, *à part.*

Bon ! Il s'en ira. (*Haut.*) Le plaisir de ta compagnie me décide...... Allons, marche.

D'HERVILLY, *bas à Mad. de Rainville, en la saluant.*

Je m'en débarasse et reviens.

GERVAL, *bas à Mad. de Rainville, en la saluant.*

Je le plante là et je suis à vous.

D'HERVILLY.

Allons, passe devant.

GERVAL.

Oh ! Non ! la politesse.... Passe toi-même

D'HERVILLY, *lui mettant le bras sur le col.*

Eh ! bien ! tous deux ensemble.

GERVAL.

C'est cela, en tendres et fidèles amis. (*A part.*) Que le diable l'emporte !

D'HERVILLY, *à part.*

Que le Ciel le confonde !

(Ils sortent en se tenant bras dessus, bras dessous.)

SCÈNE XIII.

Mad. DE RAINVILLE, *seule, riant.*

Voilà une promenade qui va bien les amuser l'un et l'autre.

AIR : *connaissez-vous le grand Eugène ?*

De ces messieurs, jamais la flamme
N'aura de puissance sur moi ;
De leur colonel je suis femme,
Je ne trahirai point ma foi.　　　(*bis.*)

Quand mon mari , par sa vaillance ,
De son pays est le soutien ,
Il défend l'honneur de la France
Je saurai défendre le sien.   (*bis.*)

SCÈNE XIV.

Mad. DE RAINVILLE , ROSETTE.

ROSETTE , *accourant.*

Ah ? madame ! voici bien une autre affaire...... C'est le jour des visites.

MAD. DE RAINVILLE.

Explique-toi ?

ROSETTE.

Apprenez qu'en passant derrière la grande charmille , j'ai aperçu un troisième officier, portant le même uniforme que ces deux messieurs.

MAD. DE RAINVILLE , *étonnée.*

Que dis-tu ?

ROSETTE.

Il paraissait craindre d'être vu , Raymond l'accompagnait et lui contait quelque chose, qui, à ce que j'ai pu comprendre, ne lui plaisait guère , sa figure se rembrunissait à chaque mot, et de tems en tems il frappait du pied avec colère.

AIR: *Mon galoubet.*

Auprès de lui ,
Passant sans bruit ,
Je lui trouyai dans sa tristessé
L'air courroucé , le ton aigri ;
Enfin, il répétait sans cesse :
Perfide ! infidelle ! traîtresse !!

Mad. DE RAINVILLE , *vivement.*

C'est mon mari !!   (4 *fois.*)

ROSETTE , *étonnée.*

Votre mari !

MAD. DE RAINVILLE.

Lui-même , ma chère , cet uniforme.... Ces transports jaloux.... Je ne puis m'y méprendre ! Raymond, lui parlait, sans doute, de ces officiers, que j'ai reçus, peut-être

un peu trop légèrement ; en voilà , assez pour le courroucer
contre moi... Je cours le trouver et lui apprendre comment
ils se sont introduits.

ROSETTE , *l'arrêtant.*

Gardez-vous en bien , madame. D'après ce que vous
m'avez dit de son caractère soupçonneux, il est capable de
ne pas vous croire : la vérité lui semblerait une excuse.

Mad. DE RAINVILLE.

Mais enfin , que dois-je faire ?

ROSETTE.

M. de Rainville , fort aimable d'ailleurs , a un défaut
qui vous a rendue , et peut vous rendre encore très-mal-
heureuse , il faut tâcher de l'en corriger.

Mad. DE RAINVILLE.

Mais par quel moyen ?

ROSETTE.

J'en imagine un dont ces petits messieurs, si prévenus
en leur faveur, pourraient bien aussi être dupes..... J'entends monter ! peut-être ce sont eux... Passons dans votre
appartement , là je vous expliquerai mon projet.

Mad. DE RAINVILLE.

Je m'abandonne à toi.

(*Toutes deux.*)

AIR : *Contredanse , toujours pour les amours.*

Epoux
Jaloux ,
Sur nous
Tes soupçons renaissent sans cesse:
Tu doutes de notre sagesse,
Vengeons-nous ,
Pour montrer notre adresse !

ROSETTE.

On vient, faisons retraite,
Agissons en secret ;
Une femme est discrète
Quand c'est..... son intérêt ;

(*toutes deux.*)

Epoux, jaloux , etc.

(*Elles entrent chez Madame de Rainville.*)

SCÈNE XV.

RAYMOND, puis le COLONEL.

RAYMOND, *entrant avec précaution par la porte du fond.*
Bon, il n'y a personne ! (*Appelant en dehors.*) St... st...

LE COLONEL, *entrant avec précaution.*
Tu es sûr qu'on ne m'a pas vu ?

RAYMOND.
Très-sûr.

LE COLONEL.
Deux officiers de mon régiment sont dans ce château,
depuis ce matin.

RAYMOND.
Oui, monsieur.

LE COLONEL.
Et ils sont jeunes ?

RAYMOND.
Très-jeunes !

LE COLONEL.
Sais-tu leurs noms ?

RAYMOND.
L'un s'appelle, je crois,.... Desboilly.... Desbailly....
l'autre Georgal, ou approchant.

LE COLONEL.
D'Hervilly ! Gerval !

RAYMOND.
Desbini, Georgival, c'est cela même.

LE COLONEL.
Les deux plus mauvais sujets du régiment !...

RAYMOND.
Eh ben ! v' là le feu qui vous monte au visage....

LE COLONEL, *avec dépit et colère.*
Vit-on jamais une aventure plus cruelle ?.... Eloigné
depuis six mois d'une perfide que j'aime malgré moi......
J'obtiens pour la voir un instant de congé..... Je pars sur-
le-champ, et je laisse ma voiture près du château, pour

lui faire une surprise que je croyais lui devoir être agréable......

RAYMOND, *avec malice.*

Ou p' tèt ben, pour voir comment all' passe son tems loin de vous?

LE COLONEL, *s'échauffant.*

J'arrive et j'apprends que deux jeûnes militaires sont établis chez moi: Et quels militaires encore? Les officiers de chasseurs.... les plus entreprenans !.....

RAYMOND.

Dans l' fait, tout çà n'est pas trop agréable.

LE COLONEL.

Air: *Il est un dieu pour les auteurs.*

Quand de la gloire on suit les pas,
On a tort de prendre une femme,
Lorsque monsieur vole aux combats
Les plaisirs consolent ... Madame.
Bien heureux les maris guerriers
Qui, revenant de leurs campagnes,
N'ont gagné loin de leurs compagnes
Qu'une couronne ... de lauriers.　　　*(bis.)*

Mais peut-être mes allarmes sont-elles mal-fondées, tâchons de cacher mon arrivée, jusqu'à ce que mes doutes soient éclaircis.

ROSETTE, *appelant derrière le théâtre.*

Raymond!

LE COLONEL.

Qui t'appelle?

RAYMOND.

C'est une fine mouche de suivante que Madame a prise à son service d'puis vot' départ.... et à qui all' donne toute sa confiance.

LE COLONEL.

Evitons ses regards. Je passe dans mon cabinet, vois ce qu'elle te veut, et reviens me trouver.

(Le Colonel entre et ferme la porte sur lui.)

SCENE XVI.

RAYMOND , ROSETTE.

ROSETTE , *entrant.*

Raymond !

RAYMOND.

Eh ben ! le v'là. J'm'empressais d'venir tout doucement.

ROSETTE.

Tiens, voilà un billet qu'il faut remettre sur-le-champ au plus jeune des deux officiers , M. d'Hervilly.

RAYMOND , *le prenant.*

Un billet !

ROSETTE.

Oui , de la part de Madame.

RAYMOND.

Ah ! ah ! de la part de Madame...

ROSETTE.

Tu le lui donneras en secret.

RAYMOND.

Et mon Dieu ! ça va sans dire, soyez tranquille.

AIR *du vaudeville en vendanges.*

Pour un messager expert
J'allons me faire connaître,
J'vous prouverons qu'on peut être
Plus adroit qu'on en a l'air.

ROSETTE.

Que la lettre soit remise.

RAYMOND.

J'vous réponds qu'ell' le s'ra.
(*A part.*) Avant qu'l'officier n'la lise,
Le Colonel la lira !
Pour un messager expert, *etc.*

ROSETTE.

ENSEMBLE.
Pour un messager expert
Il faut te faire connaître,
Prouve-nous que l'on peut être
Plus adroit qu'on n'en a l'air.

ROSETTE , *à part.*

Et d'un de prévenu..... Allons maintenant trouver Gerval. (*Elle sort.*)

SCENE XVII.

(Vers la fin de cette scène, là nuit vient par degré.)

RAYMOND, LE COLONEL.

RAYMOND.

La v'là partie ! *(Frappant à la porte du Colonel.)* Monsieur ! Monsieur ! v'nez vîte... v'là qui pourra vous apprendre... où vous en êtes... un billet qu'vot' femme écrit à l'un d'ces godeluriaux.

LE COLONEL, *prenant la lettre.*

Serait-il possible !... que vois-je ? pour d'Hervilly !

RAYMOND, *avec curiosité.*

'Assurez-vous vîte de c'que ça chante... c'est toujours agréable de savoir à quoi s'en t'nir.

LE COLONEL, *lisant en entr'ouvrant la lettre.*

« .... Se rendre dans le petit salon....

RAYMOND.

'Ah! dans l' petit salon !... C'est justement ici.

LE COLONEL, *lisant.*

» . ... . Que la nuit sera venue. . . . .

RAYMOND.

La nuit ! ma fine, monsieur, garde à vous.

LE COLONEL, *lisant.*

» . . . . Il trouvera. . . . Une. . . . personne qui l'intéresse ! ... » *(Furieux.)* O ciel ! plus de doutes ! elle aime d'Hervilly , elle lui donne un rendez-vous ! N'écoutons que ma colère et allons sur-le-champ.... *(S'arrétant.)* Non , voyons plutôt jusqu'où elle poussera la perfidie !... Va remettre ce billet.

RAYMOND.

A qui ? à c' monsieur ?

LE COLONEL.

Oui.

RAYMOND, *étonné.*

Comment, mon Colonel, vous voulez donc qu'il ...

LE COLONEL.

Fais ce que je te dis.... C'est auprès de son séducteur

que je veux surprendre l'infidelle et l'accabler de mon
courroux.

RAYMOND.

En c' cas, rentrez dans vot' cachet'e, v'la l'jour qui
baisse... j'entends du bruit et vot' femme ne tardera pas sans
doute à se rendre ici. (*Le colonel entre dans le cabinet.*)

SCENE XVIII.

RAYMOND, puis GERVAL.

RAYMOND, *d'abord seul.*

Le colonel veut que l'rendez vous ait lieu... ça le regarde... portons la lettre, c'sont ses affaires.

GERVAL, *entrant, à part.*

Rosette vient de me dire... que sa maîtresse devait se
rendre ici... (*A Raymond qui le heurte.*) Eh ! prends donc
garde.

RAYMOND.

Pardon excuse... dans l'obscurité du querpuscule, j'vous
prenions pour votre camarade.. où pourrais-je l'rencon-
trer ?

GERVAL.

Tu le trouveras se promenant , sentimentalement, sous
les fenêtres de ta maîtresse.

RAYMOND.

Grand merci !

(Il sort.)

SCENE XIX. (*Nuit entière.*)

GERVAL, *seul.*

Que lui veut-il ? peut être pour lui donner son congé
définitif !... cette pièce est obscure en diable, on n'y
voit point à deux pas devant soi.. ma belle l'a choisie
sans doute pour que je ne l'aperçoive pas rougir... mais
voici le moment que m'a indiqué la gentille Rosette... l'instant de mon bonheur approche.

T R I O.

A I R : *Quand on attend sa Belle.* (Joconde.)

Amant tendre et fidèle,
Guettons ici ma belle,
Attendons là sans bruit
Dans l'ombre de la nuit.

`SCENE XX.

GERVAL, D'HERVILLY, puis le COLONEL.

Suite du T R I O.

D'H E R V I L L Y , *entrant par la porte du fond.*

Amant tendre et fidele , *etc.*

(*Tous deux ensemble.*)

Mais silence !

Elle s'avance !

Je sens battre mon cœur !

C'est-elle ! Quel bonheur !

LE C O L O N L L , *sortant du cabinet.*

Auprès de l'infidéle ,
La vengeance m'appelle ;
Surprenons la sans bruit,
Dans l'ombre de la nuit !

(*Le Colonel est au milieu du théâtre, Gerval et d'Hervilly de chaque côte ; ils cherchent à trouver madame de Rainville dans l'obscurité.*)

G E R V A L , *à part.*

C'est elle ! je l'espère.

D'H E R V I L L Y , *à voix basse.*

Est-ce bien vous ?

G E R V A L , *idem.*

C'est moi !

LE C O L O N E L , *à part.*

Femme ingrate et légère,
Elle trahit sa foi !

D'H E R V I L L Y , *à voix basse.*

En vous mon cœur espère.

G E R V A L , *idem.*

Comptez toujours sur moi.

LE C O L O N E L , *à part.*

Mon âme s'abandonne
Au plus ardent courroux.

D'HERVILLY, GERVAL.

Oui, l'amour me l'ordonne!
A vous je m'abandonne.....
Mais où donc êtes-vous?

(Ici les deux jeunes officiers traversent le théâtre dans l'obscurité, et se croisent en cherchant l'un et l'autre madame de Rainville.)

GERVAL, D'HERVILLY, *cherchant.*

Avec ardeur je vous aime,
Daignez me chérir de même,
Livrez-vous à ma foi!

LE COLONEL.

Ah! le joli moment pour moi.

LE COLONEL, *à part.*

Ah! mon rôle est très-pénible,
Elle manque à ses sermens.....
Vraiment il m'est impossible
De me calmer plus long-tems!
Confondons l'infidelle,
Cherchons-la bien! cherchons!
Cherchons.

GERVAL, D'HERVILLY.

Bientôt à mes vœux sensible,
Elle croira mes sermens.....
Il lui doit être impossible
De résister plus long-tems,
Eh! mais, où donc est elle?
Cherchons la bien! cherchons!
Cherchons!

ENSEMBLE.

D'HERVILLY, *à demi-voix.*

Où êtes vous, objet charmant?

GERVAL, *étonné, à part.*

Objet charmant! l'épithète est tendre. (*A demi-voix.*)
Par ici divine beauté!

D'HERVILLY, *stupéfait, à part.*

Divine beauté. en voilà bien d'un autre... Je ne reconnais pas le son de voix.

LE COLONEL, *étonné.*

Deux hommes ici ! je n'y comprends rien.... Tâchons d'éclaircir !

D'HERVILLY , *saisissant dans l'obscurité le bras du Colonel.*

Qu'est-ce que c'est que ça? Un homme ! (*Impérieuse-ment.*) qui va là ?

GERVAL, *prenant l'autre bras du Colonel.*
Un uniforme! c'est d'Hervilly ?

D'HERVILLY.

C'est Gerval! que diantre viens-tu faire ici ?

GERVAL.

Mais toi-même qu'y viens-tu faire ?

LE COLONEL, *d'une voix forte.*

Qu'y venez-vous faire ?

D'HERVILLY , *stupéfait.*

Encore une voix d'homme.

GERVAL, *idem.*
Il y a de l'écho ici !

LE COLONEL, *avec chaleur.*

Répondez , parlez !.... Je vous l'ordonne... Quel dessein vous amène ?

D'HERVILLY, *se sauvant.*
C'est notre Colonel ! !

GERVAL, *idem.*
C'est le diable ! ! tâchons de sortir.

LE COLONEL.

AIR: *A soixante , lorsqu'on prend femme.*

Ici, messieurs, j'étais loin de m'attendre
A me trouver tête-à-tête avec vous !
Votre conduite à droit de me surprendre
Et peut d'un chef exciter le courroux
Quoi! vous vouliez tromper la confiance
De votre guide au champ de la valeur ,   (bis.)
Oubliez-vous que la reconnaissance
Est une des lois de l'honneur?   (ter.)

D'HERVILLY.

Veuillez pardonner. mon Colonel...

LE COLONEL.

 Vous pardonner ! certes non ! je ne vous pardonnerai
pas. (*Appellant*) Hola ! quelqu'un ? Raymond ! de la lu-
mière !

mad. DE RAINVILLE, *derrière le theâtre, de son appartem.*

AIR: *Quoi répond elle à l'hermite.*

D'une femme sage et tendre
Un mari toujours jaloux ,
Une nuit veut la surprendre
Dans un galant rendez-vous.
Deux étourdis , à la belle
Voulaient faire alors la cour , ...
Et se croyant auprès d'elle,
Ils soupiraient tour-à-tour ;
Mais qui de leur tendresse
Écoutait la promesse ?
C'était lui !
C'était lui !
C'était le mari !

ROSETTE , RAYMOND , *de l'appartement.*

Eh ! quoi ! madame c'était lui !
C'était le soupçonneux mari.

ENSEMBLE.

mad. DE RAINVILLE,
Oui c'est lui , etc.
C'est bien lui ,
Oui, c'est le mari ! !
LE COLONEL, *avec joie.*
Oui c'est lui !
C'est bien lui !
Oui, c'est le mari.
GERVAL , D'HERVILLY , *stupéfaits.*
A ! c'est lui !
C'est bien lui ,
Ah ! c'est le mari !

LE COLONEL.

Ah ! je respire ! mes soupçons étaient injustes. (*Content
de lui-même.*) Messieurs les capitaines ! comment des militaires aussi fins que vous , se sont ils laissé prendre à cette
ruse de guerre ?

GERVAL.

J'en conviens , nous avons mal manœuvré.

ROSETTE, RAYMOND, *derrière le théâtre.*

Refrain du même air.

Quoi! madame, pendant un mois,
Ensemble ils resteront tous trois,

Mad. DE RAINVILLE, *derrière le théâtre.*

Aux arrêts, pendant un mois
Qu'ils restent tous trois.

LE COLONEL, ET LES DEUX OFFICIERS.

Aux arrêts pendent un mois
L'on nous met tous trois.

D'HERVILLY.

Les portes sont fermées!.. Nous voilà aux arrêts de rigueur:

GERVAL, *raillant.*

Mon colonel! comment un militaire aussi expérimenté que vous s'est il laissé prendre à cette ruse de guerre ?... L'ennemi a ce qu'il paraît aime a faire des prisonniers !

LE COLONEL, *piqué.*

Un Colonel mis aux arrêts par sa femme. !! Passe pour vous messieurs, vous les avez bien mérités. . mais maintenant notre cause est commune; il faut absolument sortir d'ici.

GERVAL.

Si le Colonel nous permettait le siège de la place, j'aurais bientôt fait une brèche.

LE COLONEL.

Allons, va pour le siège de la place.

D'HERVILLY ET GERVAL.

A l'assaut ! (*Ils secouent les portes avec bruit.*)

SCÈNE XXI ET DERNIÈRE.

TOUS LES ACTEURS DE LA PIECE.

La porte s'ouvre tout-à-coup à deux battans. Mad. de Rainville paraît. Rosette et Raymond sont derrière elle, portant des flambeaux : le théâtre s'éclaire entièrement, et au bruit succède un grand silence.

MAD. DE RAINVILLE, *avec dignité.*

Eh! bien! messieurs; quel bruit! quel éclat! oubliez-vous que vous êtes chez une femme ?

GERVAL, D'HERVILLY, *humblement.*

Madame !

LE COLONEL, *de même.*

Mon amie !

MAD. DE RAINVILLE, *sévèrement et avec finesse.*

Après vous être introduits chez moi d'une manière peu convenable.... (*Regardant son mari.*) sans vous faire annoncer, ni les uns... ni les autres... voulez-vous au milieu de la nuit en sortir de vive force ?

GERVAL, D'HERVILLY.

Nous sommes confondus...

LE COLONEL.

Je suis humilié...

MAD. DE RAINVILLE.

Ah ! monsieur de Rainville !... voilà donc les bons exemples que vous donnez à vos officiers... Après six mois d'absence, vous arrivez chez vous furtivement, et loin d'être empressé de revoir une femme qui languit loin de vous.. vous préférez rester.. avec ces messieurs... Ils sont fort aimables, sans doute, mais j'aurais cru que ma tendresse....

LE COLONEL, *lui baisant la main.*

De grâce, ne m'accablez pas...

MAD. DE RAINVILLE.

J'aurais dû peut être prolonger la punition et tenir parole..... mais votre retour me rend à l'indulgence. (*Prenant un air de commandement.*) Messieurs les officiers, dorénavant, ayez tous trois meilleure opinion des femmes..., Je lève vos arrêts.

RAYMOND, *à part.*

Qu'eu ton ! mordi ! on dirait ni plus ne moins d'un général.

D'HERVILLY.

Madame, nous tâcherons de profiter de vos conseils, mais de grâce, mon colonel, gardez-nous le secret ?

GERVAL.

On nous montrerait aux doigt au régiment.

LE COLONEL.

Eh ! messieurs ! n'ai-je pas comme vous intérêt à me taire ?... Mon amie, croyez que la leçon ne sera pas perdue.. J'abjure mon injuste erreur.

Mad. DE RAINVILLE.

Prenez-y garde !

RAYMOND, *à Rosette.*

Mordi ! c't'exemple là m'a corrigé, et si Rosette veut m'épouser, elle n'aura pas à s'en plaindre.

ROSETTE.

Nous verrons cela, mais gare les arrêts.

VAUDEVILLE.

AIR: *du Vaudeville de l'homme vert.*

ROSETTE.

Si quelque jour à ta prière
Je forme un semblable lien,
Il faudra, mon cher, pour me plaire,
En voyant tout ne croire rien.
Si tu soupçonnais ma conduite
Sur-le-champ, je t'en punirais,
Mon mari n'en serait pas quitte
Pour être.... un quart d'heure aux arrêts.　　　　(*bis.*)

RAYMOND, *au Colonel.*

Monsieur, sans doute votre femme
Avec vous, s'est conduite au mieux...
Mais l'exemple qu'donne Madame
Pourrait dev'nir fort dangereux !

Pour nous , ça serait peu commode
Si pour voir leux galants d'plus près,
Nos femm' faisaient venir la mode
De mett' les maris.... aux arrêts !   (bis.)

D'HERVILLY.

L'hymen ordonne l'esclavage,
L'amour craint la captivité;
Lorsque le premier nous engage,
Le second perd sa liberté ;
La chaîne que l'hymen désigne
Doit nous retenir à jamais ;
Mais souvent, malgré la consigne,
L'amour sait lever.... les arrêts.   (bis.)

GERVAL.

Si quelquefois un chef sévère
Me met aux arrêts de rigueur,
A mes vœux son ordre est contraire,
Et je m'y rends à contre cœur ;
Mais , dans la chambre d'une amie.
Sans peine je m'enfermerais....
Car si la geolière est jolie,
C'est un plaisir d'être... aux arrêts !   (bis.)

LE COLONEL.

Le noble laurier de la guerre
Fait place en France à l'olivier,
Et sous cette ombre tutélaire
Notre courage est prisonnier ;
Mais, si jamais l'honneur l'ordonne,
Nous prouverons, par nos succès,
Qu'un Français . lorsque l'airain tonne,
Ne sait point garder les arrêts !!   (bis,

Mad. DE RAINVILLE, au public.

J'ai su punir la jalousie
D'un mari par trop soupçonneux,
J'ai su punir l'étourderie
De deux jeunes présomptueux :

'Aux arrêts, mon ordre sévère
A mis trois officiers français...
Maintenant... soumise au Parterre,
J'attends en tremblant ses arrêts !!!   (*bis.*)

FIN.